VENTE DES JEUDI 30 & VENDREDI 31 MARS 1893

Pour cause de départ

HOTEL DROUOT, SALLE N° 7

à 2 heures

FAIENCES

PORCELAINES

OBJETS DE VITRINE, BRONZES

MEUBLES

EXPOSITION PUBLIQUE

Le Mercredi 29 Mars 1893, de 1 heure 1/2 à 5 heures 1/2

Mᵉ PAUL CHEVALLIER	M. CHARLES MANNHEIM
COMMISSAIRE-PRISEUR	EXPERT
10, rue de la Grange-Batelière, 10	7, rue Saint-Georges, 7

CATALOGUE

DES

FAIENCES

DE

Rouen, de Delft, etc.

PORCELAINES

OBJETS DE VITRINE, CURIOSITÉS, TABLEAUX

BRONZES DE BARBEDIENNE

Lustres, Bronzes d'ameublement, Pendules

MEUBLES, SIÈGES

DONT LA VENTE AURA LIEU

Pour cause de départ

HOTEL DROUOT, SALLE N° 7

Les Jeudi 30 et Vendredi 31 Mars 1893

à deux heures

COMMISSAIRE-PRISEUR	EXPERT
Mᵉ PAUL CHEVALLIER	**M. CHARLES MANNHEIM**
10, rue Grange-Batelière, 10	7, rue Saint-Georges, 7

EXPOSITION PUBLIQUE

Le Mercredi 29 Mars 1893, de 1 heure 1/2 à 5 heures 1/2

CONDITIONS DE LA VENTE

La vente sera faite expressément au comptant.

Les Acquéreurs paieront en sus des adjudications *cinq pour cent.*

L'Exposition mettant le public à même de se rendre compte de l'état des objets, il ne sera admis aucune réclamation une fois l'adjudication prononcée.

Paris. — Imp. de l'Art, E. Ménard et Cie, 41, rue de la Victoire

DÉSIGNATION DES OBJETS

OBJETS APPARTENANT A M. X***

FAIENCES

1 — Grand bassin rectangulaire ou jardinière en ancienne faïence de Rouen, décorée en bleu : corbeille, rinceaux, draperies et guirlandes. — Long., 73 cent.; larg., 45 cent.

2 — Grand plat long octogone en faïence de Rouen, à décor bleu, corbeille au centre et bordure.

3 — Deux plats octogones de Rouen, l'un à décor bleu, l'autre en bleu et ocre rouge.

4 — Plat oblong à bords contournés, en Rouen, à décor bleu.

5 — Bannette à décor polychrome et anses mouchetées bleu. Rouen.

6 — Console d'applique à volutes et draperies, décorée en bleu, jaune et manganèse. Rouen.

7 — Plat à barbe, décor polychrome : au fond, chien et sanglier; sur les bords, des guirlandes.

8 — Deux assiettes polychromes. Rouen à la corne.

9-10 — Quatre compotiers à bords dentelés, à la corne.

11 — Deux petits compotiers à bords dentelés, décor polychrome à festons de fleurs. Rouen.

12 — Deux petits compotiers octogones, en Rouen, à décor
polychrome, bouquet au centre et bordure étroite.

13 — Deux assiettes à bords festonnés, décor polychrome à
la tulipe avec fleurettes sur le marli, marque de Hanong.

14 — Deux plats oblongs, à fleurs. Strasbourg.

15 — Deux compotiers à bords festonnés, décor à figures
chinoises ; faïence de l'Est.

16 — Deux plats longs à bords contournés, décor de fleurs
et de papillons, faïence du Midi.

17-18 — Quatre plats en deux décors, même faïence.

19 — Deux petits cache-pots en faïence de Strasbourg.

20 — Deux petits plats longs à bouquet de fleurs et bordures
de rinceaux, en bleu. Moustiers.

21 — Grand plat d'église à décor gravé à la pointe et couverte brun jaspé ; il porte l'inscription : « *1738. Antoine
Gillet à Savignie* ».

22 — Plat en terre émaillée, d'après un modèle de Palissy :
le Baptême du Christ.

23 — Quatre assiettes, à oiseaux et fleurs polychromes.

24 à 29 — Trente-six assiettes d'ancienne faïence française,
variées, la plupart de la période révolutionnaire avec
emblèmes, devises.

30 — Deux appliques, figures à mi-corps en bas-relief émaillées en couleur, avec bras détachés formant porte-lumières. Nevers.

31 — Deux tableaux : paysages polychromes, formés de carreaux en faïence hollandaise.

32 — Deux flambeaux genre Saxe en faïence allemande.

33 — Deux plaques simulant des cages d'oiseaux en Delft polychrome.

34 — Grande et belle plaque ovale en vieux Delft polychrome, à décor dans le goût chinois ; figures et riche bordure.

35 — Deux petites plaques à bords contournés et saillants, en Delft, décorées en bleu : paysages.

36 — Grande plaque à bords contournés en vieux Delft, à décor bleu très fin ; au fond, trois vases à fleurs ; bordure en relief.

37 — Autre plaque de Delft décorée en camaïeu bleu d'un sujet tiré du Nouveau Testament, datée 1702.

38 — Plaque carrée, polychrome : deux figures chinoises.

39 — Deux petits plats en Delft polychrome : oiseaux, fleurs et passerelle, dans le goût chinois.

40 — Deux autres à décor très fin : au fond, un coq et des arbustes fleuris ; au marli, trois branches de fleurs.

41 — Deux autres à fleurs polychromes et bordures quadrillées.

42 — Deux plats à fleurs ornementales en camaïeu bleu sur émail blanc. Delft.

43 — Deux petites assiettes à rosace centrale et bordures en bleu. Delft.

44 — Plat en Delft, à décor bleu, avec bandes de rinceaux tracés à la pointe.

45 à 48 — Vingt-deux assiettes, variées de dessin, en Delft bleu.

49 — Deux plats, vieux Delft, à décor bleu, vase de fleurs, et bordure à vases de fruits.

50 — Plat vieux Delft, décoré en bleu : oiseaux, feuilles et ornements.

51 — Deux plats hispano-mauresques à reflets métalliques et fleurons bleus.

52 — Plat en faïence italienne à décor polychrome, fruits et festons de fleurs.

53 — Deux petites jattes en faïence espagnole à reflets métalliques.

54 — Deux plaques de revêtement triangulaires en faïence de Perse; l'une à figure, l'autre à inscription.

55 — Plaque persane moderne à personnages en relief, dans un cadre en bois sculpté.

56 — Deux briques carrées à ornements gaufrés et émaillées en couleurs sur fond blanc, d'origine hispano-mauresque.

57 — Deux autres rectangulaires, encadrées.

58 — Petit vase ovoïde à fleurs et oiseaux camaïeu bleu, en Delft.

59 — Broc en faïence de Talavera.

60 — Trois pièces : pot avec inscription : *Tabac d'Espagne*, et deux bouteilles de pharmacie.

61 — Trois pièces : vase côtelé et couvert, et deux bouteilles à décor bleu ; faïence hollandaise moderne.

62 — Deux vases à pans et à couvercles, à décor polychrome, genre Delft.

63 — Trois pièces : tambourin algérien, carafe kabyle et carafe mexicaine.

64 — Deux grands vases en faïence moderne, de style oriental.

65 — Deux vases en faïence, genre Castel-Durante.

66 — Encrier et boîte à épices.

67 — Deux plats longs, variés.

68 — Aiguière et présentoir en faïence artistique moderne.

PORCELAINES

69 — Plateau ovale, théière, pot à crème et deux tasses à thé en vieux Saxe, à décor de roses et d'œils-de-perdrix dans le goût de Sèvres.

70 — Tasse droite et sa soucoupe en vieux Sèvres,

pâte tendre, à semé de roses et bordure bleu et or.
(Lettres G. G.)

71 — Deux pièces : buire à anse et plat long et octogone en
Japon, décorés en bleu.

72 — Grand plat vieux Japon, décor bleu, jardinière fleurie
entourée de compartiments radiés : fleurs et ustensiles
variés.

73 — Encrier avec plateau en porcelaine anglaise, à décor
de fleurs en couleur et dentelle en dorure.

74 — Deux statuettes : Mercure et Vénus, en biscuit de porcelaine.

75 — Pot à eau en céramique japonaise, formé d'une figurine de femme assise sur un vase à anse, et rehaussé
d'émaux de couleur.

76 — Deux pièces : tasse en Sèvres avec soucoupe, et une
autre en porcelaine de Paris.

77 — Trois pièces : deux tasses et soucoupes Saxe, à fleurs
camaïeu rose, et une petite tasse couverte avec plateau à
figures, genre Saxe.

78 — Trois tasses et soucoupes en porcelaine mince de
Chine, décor à figures.

79 — Trois pièces : petite théière et deux tasses variées,
Chine, Inde, Japon.

80 — Petite tasse et soucoupe en porcelaine de Derby.

81 — Six grandes tasses cylindriques à anse, en Chine moderne.

82 — Théière, sucrier, pot à crème et deux tasses avec soucoupes, Chine moderne.

83 — Deux compotiers gaufrés, à cigognes et branchages en dorure.

84 — Deux assiettes, Satzuma, rouge et or.

85 — Salière double avec figurine en Saxe moderne.

86 — Tasse et soucoupe en porcelaine fond gros bleu et arabesques en dorure, avec médaillon à sujet, genre Sèvres.

OBJETS DE VITRINE

87 — Montre Louis XVI, en or, à sujet mythologique en relief sur la cuvette.

88 — Montre Louis XVI, en cuivre doré, ornée d'un petit émail et d'encadrements en jargons.

89 — Bague Louis XVI, avec miniature dans un chaton entouré de petites roses.

90 — Bague or avec motifs en perles sur fond d'émail bleu.

91 — Éventail du temps de Louis XV, à monture d'ivoire relevée de couleurs et de dorure et feuille représentant une fête villageoise.

92 — Éventail Louis XVI, à monture ajourée et feuille peinte : la Pêche.

93 — Jolie boîte rectangulaire en écaille piquée et posée d'or ; époque Louis XV.

94 — Bracelet en or composé de onze petits émaux peints en couleurs, et représentant des cantons suisses avec encadrements ajourés et enrichis de perles et de pierres de couleurs.

95 — Boîte à cure-dents, nacre gravée, monture argent.

96 — Porte-crayon en or avec turquoises.

97 — Bonbonnière Louis XV, en argent repoussé, à sujets pastoraux.

98 — Bonbonnière lenticulaire en argent gravé et à godrons repoussés. Travail oriental.

99 — Deux petites boîtes argent, l'une ronde à couvercle filigrané; l'autre, en forme de bureau.

100 — Deux flacons à odeurs en cristal; l'un, monté or et argent; l'autre, en cuivre et argent.

101 — Quatre pièces : boucle japonaise en cuivre émaillé, cachet chinois en cristal de roche et deux pommes de cannes en verre.

102 — Deux peignes de l'Empire.

103 — Trois pièces : porte-cartes chinois en ivoire sculpté et deux étuis à cigarettes en écaille laquée or.

104 — Petit écran chinois en ivoire finement ajouré avec monture en bois dur.

105 — Quatre pièces : écritoire persane, deux boîtes rondes et une lanterne de poche.

106 — Bougeoir flamand en cuivre.

107 — Deux boîtes à savon en cuivre ajouré.

108 — Quatre tasses orientales avec support en argent filigrané.

109 — Trois pièces : encrier Empire en bronze et deux lorgnettes.

110 — Miniature ovale : Louis XVIII.

111 — Miniature ovale : Talma.

112 — Deux pièces : aquarelle et gravure coloriée : costumes suisses.

113 — Cinq pièces : baguier persan en cuivre étamé, petit éléphant indien en ivoire posé sur une dent d'hippopotame, une croix de Jérusalem, et deux groupes suisses en terre peinte.

114 — Six médailles modernes en bronze.

OBJETS VARIÉS

115 — Vase couvert en cuivre gravé, de la Perse.

116 — Trois pièces : deux narghilés, l'un turc en verre émaillé, l'autre en terre de Salonique, et une pipe turque.

117 — Suite de six peintures chinoises, représentant des scènes champêtres.

118 — Trois pièces : poudrière en corne de cerf, petit brasero en fer et bouclier en peau de rhinocéros, avec arcs, javelots et flèches.

119 — Lot d'armes sauvages.

120 — Cinq pièces : grande coupe en verre gravé sur pied en bronze, carafe et verre à pied en Bohême doré, carafe gravée et verre à armoirie émaillée.

121 — Plusieurs pièces : carafe Bohême gravé, autre en verre rubis et décor en dorure, flacons.

122 — Grand tapis de salon en moquette, à fleurs, sur fond blanc et rouge.

TABLEAUX, AQUARELLES, ETC.

123 — ANASTASI. Une Vision. Aquarelle.

124 — BARRY (F.). 1863. Vue du Bosphore.

125 — DROUAIS (Genre de). Jeux d'enfants.

126 — GUIGNET (A.). Arbalétrier.

127 — GUIGNET (A.). Paysage.

128 — KŒPPELIN. Deux aquarelles. Paysages.

129 — ÉCOLE MODERNE. Deux pâturages suisses.

130 — ÉCOLE MODERNE. Bateau sur un lac suisse.

131 — ÉCOLE MODERNE. Marine.

132 — ÉCOLE MODERNE. Enfants au bain.

133 — ECOLE MODERNE. Episode de guerre.

134 — ÉCOLE FRANÇAISE. Le Petit indiscret.

135 — ÉCOLE RUSSE. Enfant Jésus.

136 — Lithographie encadrée, maître Wolframb, de Lemud.

137 — Gravures et lithographies encadrées.

BRONZES, CUIVRES, MEUBLES

138 — Bronze de Mène : Deux Chiens en arrêt.

139 — Coupe de style antique, bronze de Barbedienne.

140 — Deux statuettes : Duellistes Henri III, bronze argenté, de Guillemin.

141 — Bas-relief : les Musiciens de della Robbia, bronze de chez Barbedienne.

142 — Le Chanteur florentin, de P. Dubois, bronze de chez Barbedienne.

143 — Porte-cigares en cuivre nickelé.

144 — Une Muse, d'après l'antique, bronze de chez Barbedienne.

145 — Jardinière ronde à piédouches et anses en bronze japonais.

146 — Cornet à caractères et ornements en relief, bronze du Japon.

147 — Petit brûle-parfums à couvercle, surmonté du dragon.

148 — Petit vase supporté par un dragon et à couvercle orné d'une chimère. Japon.

149 — Statuette en bronze de divinité boudhique accroupie sur la fleur du lotus.

150 — Pendule et sa console du temps de Louis XIV, en écaille rouge, enrichies de cuivres; sous le cadran, un cartel porte le nom : *Marchand à Marseille.*

151 — Deux petits candélabres bouquets de lis, à trois branches.

152 — Cave à liqueurs.

153 — Deux flambeaux en cuivre : dragons.

154 — Deux petits miroirs dans des cadres en bois sculpté et doré.

155 — Deux miroirs plus grands.

156 — Deux petites consoles bois sculpté et doré.

157-158 — Sept bougeoirs et petits flambeaux.

159 — Lampe juive en cuivre.

160 — Plateau ovale, surtout de table, en cuivre argenté. Fin du XVIIIe siècle.

161 — Lustre flamand en cuivre poli, à deux rangs de lumières.

162 — Grande garniture de cheminée : pendule à figures allégoriques et candélabres en bronze doré, sur socles en marbre blanc.

163 — Grand lustre garni de cristaux.

164 — Appliques style Louis XVI avec cristaux.

165 — Appliques style Louis XV à quatre lumières.

166 — Deux lampes Carcel, colonnes bronze.

167 — Deux flambeaux du Directoire en cuivre argenté.

168 — Deux coupes, l'une en onyx supportée par des figurines d'enfants, l'autre en Chine; monture bronze.

169 — Meuble d'Auvergne à deux corps en bois sculpté, à colonnes torses, rosaces, draperies, guirlandes. Époque Louis XIII.

170 — Cabinet italien en bois noir, incrusté sur la porte et les tiroirs de plaquettes en porphyre et lapis.

171 — Bureau Louis XV, à dos d'âne, en bois de violette avec filets marquetés.

172 — Console demi-lune Louis XVI en bois sculpté et doré, à dessus de marbre blanc.

173 — Glace Louis XVI à cadre doré, surmonté d'un vase à guirlandes et rubans.

174 — Table à quatre faces en bois sculpté et doré, pieds cannelés, entretoise, ceinture à rinceaux, guirlandes détachées et ornementation Louis XVI.

175 — Petite armoire à deux portes surmontée de tiroirs palissandre et bois rose, garnie de cuivres ; dessus marbre blanc. Style Louis XVI.

176 — Deux fauteuils Louis XVI peints blanc et bleu.

177 — Chaise basse, bois sculpté à colonnes torses.

178 — Meuble de salon de style Louis XV en acajou recouvert en damas jaune ; un canapé, deux fauteuils, quatre chaises.

179 — Deux chaises anciennes à hauts dossiers, en bois sculpté, foncées de canne.

180 — Deux miroirs ovales avec cadres italiens en bois sculpté et doré.

181 — Pannetière du xviiie siècle et une table-support de même style.

182 — Fauteuil à colonnes torses, couvert en velours frappé.

183 — Table à jeu en palissandre à pieds tors.

184 — Ancien coffret à poignées et écoinçons de cuivre.

185 — Console-applique Louis XIV en bois sculpté et doré, à rinceaux, tablier, oiseaux.

186 — Statuette de pèlerin en bois doré.

187 — Papeterie en marqueterie de Sorrente.

LIVRES

188 — Almanach des environs de Paris, 1773.

189 — CALLERY. Mémorial des rites.

190 — COUSSEMAKER (DE). Histoire de l'harmonie au Moyen-Age.

191 — PERNY. Dictionnaire francais, latin, chinois. **Appendice** au dictionnaire français, latin, chinois.

192 — SMITH. Voyage autour du monde. 12 vol. in-8°.

193 à 211 — Environ 200 vol. sur la musique, en français et en italien. (Ce numéro sera divisé.)

OBJETS APPARTENANT A M. Y***

212 — Cabinet-bureau de dame en bois laqué et burgauté à fleurs. Travail japonais.

213 — Deux petites appliques du xviiie siècle, bronze doré à deux lumières.

214 — Deux appliques à deux lumières.

215 — Coiffure de femme en crin noir, orné de jais. xviie siècle.

216 — Quatre bourses variées en soie et broderies de perles.

217 — Cage en bois doré. xviiie siècle.

218 — Cinq socles en bois de fer anciens. Chine.

219 — Support à trois pieds, Louis XVI, bois sculpté et doré.

220 — Grand coffret à bijoux, garni d'étoffe ancienne.

221 — Cinq cadres variés en bois doré ou noir et or.

222 — Grand cadre oblong ancien en bois sculpté.

223 — Onze assiettes à dessert en ancienne porcelaine de Saxe : fleurs.

224 — Quatre pièces : pied de statuette, vieux Saxe, bouton

de couvercle Saxe, bougeoir en Saxe moderne et manche
de couteau Chantilly.

225 — Médaillon en terre cuite de Nini : Franklin.

226 — Deux grandes boucles anciennes, cailloux du Rhin,
monture argent.

227 — Grande boucle ancienne en cailloux du Rhin, monture
argent.

228 — Deux pièces : petit cadre en filigrane d'argent ancien
et porte-allumettes en argent guilloché.

229 — Deux pièces : miniature sur ivoire : Vierge montée
en argent et reliquaire en verre églomisé et argent.

230 — Boucle de ceinture en strass, forme fer à cheval ; monture argent et cuivre.

231 — Paire de boutons de manchettes en cristal de roche
et or.

232 — Deux ornements de tête en turquoises, monture en
argent.

233 — Deux pièces : cœur, fragment de croix normande en
or, et pendant de cou ancien en argent doré et pierres.

234 — Quatre cadrans de montres, ornés de paysages et
marines.

235 — Deux pièces : gouache ovale, Enfant prodigue et
Vierge applique, bronze argenté.

236 — Paire de boucles d'oreilles en argent doré.

237 — Huit pièces : trois médailles et plaquettes anciennes

en bronze, broche lobée argentée, trois cuillères anciennes
en bronze et fer, petite statuette en bronze : amour.

238 — Quatre cachets anciens en cuivre doré et pierres.

239 — Trois moutardiers Louis XVI en étain doré.

240 — Douze boîtiers de montres en cuivre, galuchat, etc.

241 — Cinq pièces anciennes en acier, breloquet, boucle,
fermoir.

242 — Quinze boutons d'habits de chasse en cuivre, et qua-
torze boutons en soie anciens.

243 — Trois pièces : pelote Louis XVI en os, petit pied en
bois sculpté doré, et gobelet double en cuivre gravé et
doré.

244 — Collier de sequins et lot de bijoux en cuivre doré.

245 — Lot de miniatures, émaux et camées coquilles.

246 — Lot de dessus de boîtes, ivoire, plaque cuivre repoussé.

247 — Petite coupe ronde sur pied en ancien émail de Chine,
fond rose.

248 — Quatre chapelets en agate-onyx et corail, montés en
argent.

249 — Fragments d'éventails, franges et boîte en ivoire.

250 — Service en Saxe moderne.